www.ingramcontent.com/pod-product-compliance
Lightning Source LLC
LaVergne TN
LVHW021241080526
838199LV00088B/5443

© Taemeer Publications LLC
Jeena to padega (Novelette)
by: Aijaz Ubaid
Edition: December '2023
Publisher :
Taemeer Publications LLC (Michigan, USA / Hyderabad, India)

ISBN 978-93-5872-567-4

مصنف یا ناشر کی پیشگی اجازت کے بغیر اس کتاب کا کوئی بھی حصہ کسی بھی شکل میں بشمول ویب سائٹ پر
اَپ لوڈنگ کے لیے استعمال نہ کیا جائے۔ نیز اس کتاب پر کسی بھی قسم کے تنازع کو نمٹانے کا اختیار
صرف حیدرآباد (تلنگانہ) کی عدلیہ کو ہو گا۔

© تعمیر پبلی کیشنز

کتاب	:	**جینا تو پڑے گا** (ناولٹ)
مترجم	:	**اعجاز عبید**
ہندی ناولٹ	:	عبد البسم اللہ
صنف	:	فکشن
ناشر	:	تعمیر پبلی کیشنز (حیدرآباد، انڈیا)
سالِ اشاعت	:	۲۰۲۳ء
صفحات	:	۲۲
سرورق ڈیزائن	:	تعمیر ویب ڈیزائن

جینا تو پڑے گا

(ناولٹ)

اردو ترجمہ:

اعجاز عبید

ہندی ناولٹ:

عبدالبسم اللہ

جون کی چلچلاتی ہوئی گرمی اور بھری دوپہر کا وقت۔ دہرے بدن اور درمیانی قد کا ایک آدمی ڈھیلی موہری کا سفید جھک پاجامہ اور ڈھیلا ڈھالا کرتہ پہنے، ہاتھ میں کاپی پینسل لئے گاؤں میں گھوم رہا تھا۔ وہ گھر کی کنڈی کھٹکھٹاتا اور جو بھی دروازہ کھول کر باہر جھانکتا اس کے آگے اپنے کاپی پینسل بڑھا دیتا۔ کہتا، 'اس پر دستخط کریں۔'

گاؤں میں وہ آدمی پہلی بار دکھائی پڑا تھا، اس لئے لوگ اسے شک کی نگاہ سے دیکھ رہے تھے۔ ہو نہ ہو یہ کوئی سرکاری جاسوس ہے، جو گاؤں میں پیش آیا کسی واقعہ کی تفصیلات حاصل کرنے کے لئے بھیجا گیا ہے۔ لوگ دماغ دوڑاتے تو گزشتہ سال گاؤں میں ہوئی ایک قتل، ایک لڑکی کے بھاگ جانے کا کیس اور چک بندی میں کی گئی دھاندلی جیسی کئی واقعات انہیں یاد آ جاتیں۔ اور وہ اس آدمی کو اس کی کاپی پینسل لوٹاتے ہوئے ہاتھ جوڑ دیتے۔ کہتے، 'نا بابا نا، دستخط ہم نہیں کریں گے۔ آگے بڑھو۔'

تقریباً ہر گھر میں اس آدمی کو یہی جواب ملا، مگر کسی سے اس نے کوئی جرح بحث نہیں کی۔ لو کے تھپیڑے چل رہے تھے۔ چہرے پر آنچ جیسی محسوس ہو رہی تھی۔ کپڑے پسینے میں تر ہو گئے تھے۔ پیاس سے حلق سوکھا جا رہا تھا لیکن وہ آدمی اپنے کام میں مشغول تھا۔

اب اسے پیاس برداشت نہیں ہو رہی تھی۔ لہذا اگلے گھر کی کنڈی کھٹکھٹانے کے بعد دروازے پر جو شخص نظر آیا اس کے آگے اس نے کاپی پینسل نہیں بڑھائی۔

'تھوڑا پانی مل جائے گا؟ پیاس بہت لگی ہے۔'

اپنی کاپی پر دستخط کرنے کے لئے کہنے کے بجائے اس نے یہ کہا اور دروازے پر کھڑا شخص پیچھے مڑ کر اندر چلا گیا۔ تھوڑی دیر بعد لوٹے میں پانی لے کر وہ نکلا تو اس آدمی نے تقریباً جھپٹ کر اس کے ہاتھ سے لوٹا چھین لیا اور باہر نکل کر کھڑا کھڑا ہی چلو سے پانی پینے لگا۔ چلو اتنا سخت تھا، کہ پانی کی بس چند بوندیں ہی زمین پر گریں، مکمل پانی اس کے پیٹ میں چلا گیا۔

پانی پی کر وہ دالان میں پڑے کھرّے تخت پر بیٹھ گیا۔ اس کے ہونٹوں پر ابھی تک پانی کی بوندیں بکھری ہوئی تھیں۔

'کہاں سے آنا ہو رہا ہے؟'

پانی دینے والے شخص نے سوال کیا تو وہ اس کا منہ تکنے لگا۔

'آپ اس پر دستخط کریں گے؟'

اس نے کاپی دکھاتے ہوئے اپنا سوال کیا اور آہستہ آہستہ کاپی کے صفحے الٹنے لگا۔

'یہ کیا ہے؟'

پانی دینے والا شخص اب حیرت کے ساتھ اسے گھور رہا ہے۔

'اس میں ان سب لوگوں سے دستخط کر رہا ہوں جو مجھے ایک ایمان دار آدمی مانتے ہیں۔ میں بے قصور ہوں۔ مجھے بغیر کسی وجہ کے کام پر سے ہٹا دیا گیا ہے۔ جب میرے فیور میں بہت سارے دستخط ہو جائیں گے تب میں اس کاپی کو وزیر اعظم کے پاس بھیجوں گا۔ پھر مجھے امید ہے کہ وزیر اعظم جی میرے حاکموں کو ایک سخت خط لکھیں گے اور مجھے دوبارہ میرے کام پر بحال کر دیا جائے گا۔۔۔'

پانی دینے والا شخص مسکرایا۔

"تم ہو کون؟ اس گاؤں میں کب آئے؟ کیا یہاں تمہاری کوئی رشتے داریاں ہے؟ اور یہ خیال تمہارے دماغ میں آیا کیسے؟'

اس نے سوالوں کی جھڑی لگا دی۔

"میں؟ میں کون ہوں یہ بات میں کسی سے نہیں بتاتا۔ اگر یہ بات لوگوں کو معلوم ہو گئی تو کوئی میرے حاکموں کو خبر کر سکتا ہے۔ پھر تو میرا سارا کام ہی بگڑ جائے گا۔ حاکم لوگ مجھے جیل میں ڈلوا دیں گے اور میرا بقایا رقم بھی ہضم کر جائیں گے۔ کیا آپ چاہتے ہیں کہ میں اپنی عقل آپ کو دے دوں؟ آپ کو نہیں کرنا ہے دستخط تو نہ کیجئے۔'

اتنا کہہ کر وہ اٹھا اور اپنی کاپی پینسل اٹھا کر چلتا بنا۔

جیسی کہ ہندوستان کے تقریباً تمام گاؤں کی صورت ہے، اس گاؤں میں بھی مختلف ذات کے لوگ قیام کرتے تھے۔ ظاہر ہے کہ ان میں مسلمان بھی تھے۔ چونکہ وہ آدمی مسلمان تھا، اس لئے گاؤں کے ایک مسلمان جناب حکیم الدین صاحب نے اسے اپنے یہاں پناہ دے دی تھی اور طرح طرح کے سوالوں سے بچنے کے مقصد سے ہی شاید اس کے بارے میں انہوں نے یہ واضح کر دیا تھا کہ یہ ہمارے بچوں کے ماموں لگتے ہیں۔ جی ہاں، اس شخص کا نام کیا ہے، یہ بات جاننے کی بڑی کوشش کی گئی، پر کامیابی نہ ملنے کے نتیجے میں عام طور پر اس کا ایک نیا ہی نام رکھ دیا گیا۔ چونکہ وہ آدمی بات بات میں اپنے پاس عقل کے ہونے اور اسے کسی کو نہ دینے کی باتیں کیا کرتا تھا اس لئے پہلے تو اکّل ماموں کے نام سے مشہور ہوا، پھر کچھ احترام کے ساتھ 'اکّل صاحب' کہلانے لگا۔ اس آدمی کے بارے میں گاؤں والوں نے اتفاق رائے سے یہ فیصلہ منظور کر لیا تھا کہ اکّل ماموں عرف اکّل نام ایک شخص بالکل پاگل ہے اور اس کی

کوئی بھی بات قابل اعتبار نہیں ہے۔

اکّل ماموں عرف اکّل صاحب کی گجری ہوئی کہانی یہ ہے کہ وہ (ابھی تک انہیں 'وہ' کہا گیا ہے، مگر آگے اب وہ 'وہ' کے خطاب سے ہی جانے جائیں گے۔) ضلع الہ آباد، تحصیل میجا، موضع سرسا کے ساکن تھے۔ روزی روٹی کی تلاش میں وہ بھلائی جا پہنچے تھے۔ وہاں وہ پڑ گئے یونین بازی کے چکر میں اور انہیں اپنے کام سے ہٹا دیا گیا۔ سو، 'لوٹ کے بدھو گھر کو آئے' نامی محاورے کو مکمل درست ثابت کرتے ہوئے اکّل صاحب جب اپنے وطن واپس لوٹے تو انہیں معلوم ہوا کہ وہ اس پوری مدت میں واقعی بدھو بن چکے ہیں۔ ان کی زوجہ محترمہ رضیہ بیگم اپنے دونوں بچوں کو دادا دادی کے ذمہ چھوڑ کر کسی اور کے گھر جا بیٹھی تھیں اور محترم اکّل صاحب کی یاد کو اپنے دل سے اس طرح مٹا ڈالا تھا جیسے اسکولی بچے ربڑ سے اپنی کاپی پر لکھی غلط عبارتیں مٹا ڈالتے ہیں۔

اکّل صاحب کو یہ صدمہ برداشت نہیں ہوا اور انہوں نے اپنا گھر بار ہمیشہ کے لئے چھوڑ دیا۔

اکّل صاحب پڑھے لکھے نہیں تھے۔ قرآن شریف جو کہ ہر مسلمان کے لئے پڑھنا لازمی ہے، انہوں نے وہ بھی نہیں پڑھا تھا۔ مگر روزہ نماز کے سخت پابند تھے۔ نماز کے لئے وقت کا اتنا خیال رکھتے تھے۔ کہ ہر آتے جاتے سے ہمیشہ ٹائم پوچھتے رہتے تھے۔ جیسے ہی انہیں پتہ چلتا کہ نماز کا وقت ہو گیا ہے، باوضو کر کے وہ فوراً نماز کے لئے کھڑے ہو جاتے تھے۔

وہ دن رات حکیم الدین صاحب کی دالان میں سرہانے اپنی کاپی پینسل رکھے پڑے رہتے تھے۔ کبھی کبھی وہ کاپی اٹھا کر اس کے صفحے پلٹنے لگتے اور ہونٹوں میں کچھ بدبدانے لگتے۔ ادھر کچھ دنوں میں اکّل صاحب جب اس وقت گاؤں میں بھی نکلنے

لگے تھے۔ مگر گھومنے یا کسی سے میل جول بڑھانے کی غرض سے نہیں، بلکہ جیسا کہ بتایا جا چکا ہے، اپنی کاپی پر دستخط کرانے کے مقصد سے۔ ان کی اس اور اس جیسی کئی حرکتوں سے گاؤں کے بچوں اور نو عمران کی طرف خاص طور پر متوجہ ہوتے تھے اور اب ان کے پاس بھیڑ جٹنے لگی تھی۔ بچے تو نہیں، پر کچھ بڑی عمر کے بچے انہیں چھیڑنے کے لئے طرح طرح کے جملے داغا کرتے تھے۔ مثلاً

'تو اکّل ماما آپ وزیر اعظم سے کب ملنے جا رہے ہیں؟'

'ارے تھوڑی بہت اکّل ہمیں بھی دیجئے گا ماموں؟'

'آپ اگر اکّل بتا دیں ماما تو اس بچارے دنیشوا کی بھی شادی ہو جائے۔'

اور اکّل ماموں عرف اکّل صاحب بس مسکرا کر رہ جاتے۔ بولتے وہ کم ہی تھے۔ مگر جب بولتے، تو ایسی روانی سے کہ ایران توران ایک کر دیتے۔

اکّل صاحب صفائی کا بہت خیال رکھتے تھے۔ روحانی صفائی کا بھی اور جسمانی صفائی کا بھی۔ روحانی صفائی کا عالم یہ تھا کہ حکیم الدین صاحب کے بچے اگر پیار کے لالچ میں بھی کبھی ان کے سرہانے روپیہ آٹھ آنا رکھ دیتے کہ اپنے واسطے یہ کچھ خرید لیں گے تو وہ یا تو اسی دن یا اگلے دن حکیم الدین صاحب کو بلا کر وہ پیسہ واپس کر دیتے تھے۔ اور جسمانی صفائی کا عالم یہ تھا کہ گرمی ہو چاہے جاڑا دونوں وقت غسل کرتے تھے۔ نماز کے لئے پانچ وقت وضو تو کرتے ہی تھے، اس کے علاوہ بھی دن بھر میں آٹھ دس بار ہاتھ پیر صاف کیا کرتے تھے۔ جی ہاں، اپنے نہانے دھونے اور منہ ہاتھ صاف کرنے کے لئے کنویں سے پانی وہ خود کھینچتے تھے۔ اپنے کپڑے بھی وہ خود ہی دھوتے تھے۔ ایک آدھ بار حکیم الدین صاحب نے کہا بھی کہ لایئے دھوبی کو بھجوا دیں، مگر انہوں نے انکار کر دیا۔ نہانے کے صابن کا استعمال وہ کم ہی کرتے تھے، پر کپڑوں کو ہمیشہ

صابن اور پانی سے صاف کرتے تھے۔

اس گھر میں اکّل صاحب کی دوستی حکیم الدین صاحب کے منجھلے لڑکے گڈّن میاں کے علاوہ اور کسی سے نہیں تھی۔ گڈّن میاں کو وہ بہت چاہتے تھے۔ گڈّن میاں بھی ان کی بڑی عزت کرتے تھے۔ گاؤں کے اور گھر کے بھی سارے لڑکے جبکہ ان کا مذاق بنایا کرتے تھے، بس ایک گڈّن میاں ہی تھے، جو کبھی کسی مذاق میں شامل نہیں ہوتے تھے۔ بلکہ کبھی کبھی لڑکوں کو ڈانٹ ڈانٹ بھی دیتے تھے۔ اکّل صاحب جب موڈ میں ہوتے تو گڈّن میاں دیر تک ان کے پاس بیٹھتے اور ان کی باتوں کو بڑی توجہ کے ساتھ سنا کرتے تھے۔ اکّل صاحب بھی ان کے آگے ایک دم باتونی ہو جاتے تھے اور کھل کر باتیں کیا کرتے تھے۔ ان کی پرانی داستان گڈّن میاں سے ہی کچھ لوگوں کو معلوم ہو سکی تھی۔ صفائی کے معاملے میں اکّل صاحب بڑے شکی تھے۔ راستہ چلتے اگر ان کے پاس سے گزر رہی کوئی گائے بھینس پیشاب کرنے لگتی تو فوراً انہیں شک ہو جاتا کہ پیشاب کے چھینٹے ضرور ان کے اوپر پڑے ہوں گے۔ اور گھر لوٹ کر وہ فوراً غسل کرتے، پہنے ہوئے کپڑوں کو دھوتے اور پیشاب کرنے والے جانور کو برا بھلا کہتے ہوئے بستر پر پڑے رہتے۔ ایک بار کی بات ہے، ماگھ مہینے کی اندھیاری رات تھی، کڑاکے کی سردی پڑ رہی تھی، رات کے تقریباً دو بجے رہے تھے، گڈّن میاں پیشاب کرنے کے لئے باہر نکلے تو دیکھا کنویں کی گڑاری کھڑ کھڑا رہی ہے۔ پیشاب کر کے جب وہ کنویں کے پاس پہنچے تو یہ دیکھ کر حیرت میں رہ گئے کہ اکّل صاحب نہا رہے تھے۔

اس وقت تو نہیں، پر صبح ناشتے کے بعد گڈّن میاں نے اکّل صاحب سے پوچھا:

'کل آپ اتنی رات میں کیوں نہا رہے تھے؟ کل رات کتنی سردی تھی، پتہ ہے؟'

اکّل صاحب خاموش رہے۔ بس اپنے چھوٹے کھچڑی بالوں والے کدو

جیسے سائز کے لمبوترے سر کو دونوں ہاتھوں سے سہلاتے رہے۔

'آپ نے کچھ جواب نہیں دیا۔ اگر، آپ بیمار پڑ گئے تو؟ بولئے کیوں نہا رہے تھے؟"

گڈّن میاں نے اب ذرا سختی سے اپنا سوال دہرایا تو سر جھکائے جھکائے ہی اکّل صاحب بولے

'ہمیں لگا کہ سوتے میں ہمارا کپڑا خراب ہو گیا ہے۔'

یہ سنتے ہی گڈّن میاں چپ چاپ اٹھے اور باہر نکل گئے۔

اکّل ماموں عرف اکّل صاحب اب ہوشیار ہو گئے تھے۔ نماز روزے اور صفائی کی پابندی کے علاوہ اب وہ دوسری باتوں پر بھی توجہ دینے لگے تھے۔ ناشتہ تو انہوں نے چھوڑ ہی دیا تھا، کھانا بھی صرف ایک وقت کھاتے تھے دوپہر کے کھانے میں چاہے چٹنی روٹی ہی ہو وہ بڑے پیار کے ساتھ کھاتے تھے اور خوب پیٹ بھر کھاتے تھے۔

ایک روز گڈّن میاں نے کھانے کی اس کمی کے بارے میں بھی ان سے دریافت کی تو اکّل صاحب جیسی کہ ان کی عادت تھی، پہلے تو خاموش رہے، پھر تھوڑے فکر سے ہو کر بولے:

'دیکھو گڈن، بات یہ ہے کہ شیطان اسی آدمی کو بھکاتا ہے، جس کا پیٹ ہر وقت بھرا رہتا ہے۔ یہ تو ہوئی ایک بات۔ دوسری بات یہ کہ جسس کے سارے اعضا کا تعلق پیٹ ہی سے تو ہے۔ پیٹ جب بھرا ہوتا ہے تو جسم کے دوسرے اعضا بھی اپنی خوراک چاہتے ہیں۔ اب اگر آدمی کے بس میں یہ سب نہ ہو تو؟'

'تو اسے جاڑے کی رات میں اٹھ کر نہانا بھی پڑ سکتا ہے، کیوں اکّل ماموں؟'

گڈّن میاں نے ہنستے ہوئے کہا اور اکّل صاحب بس مسکرا کر رہ گئے۔ بولے کچھ

نہیں۔

حکیم الدین صاحب گاؤں میں بس نام بھر کو رہتے تھے۔ وہ علاقے کے ایک مانے ہوئے تاجر تھے اور مہینے کے پچیس دن ان کے باہر ہی گزرتے تھے۔ ان کے تین بیٹے تھے۔ بڑے لڑکے ضیاء الدین اور چھوٹے لڑکے منو بابو کی شادی ہو چکی تھی۔ گڈّن میاں اس لیے ابھی تک کنوارے تھے کہ وہ اپنے چچا کی بیٹی فرزانہ پر عاشق تھے اور ان کی ضد تھی کہ شادی کریں گے تو فرزانہ سے ورنہ ساری عمر کنوارے ہی رہیں گے اور کنوارے ہی مر جائیں گے۔ چچا ان کے ٹھیک بغل میں رہتے تھے، لہٰذا فرزانہ کے فراق میں انہیں تڑپنا نہیں پڑتا تھا اور زندگی مزے میں کٹ رہی تھی۔

گڈّن میاں تیس پار کر چکے تھے۔ فرزانہ تیس میں پہنچ رہی تھی۔ سو ہوا یہ کہ بچوں کے ساتھ ہو رہے عمر کے اس ظلم کو دیکھتے ہوئے اپنا پرانا جھگڑا بسرا کر حکیم الدین صاحب اور کریم الدین صاحب یعنی دونوں بھائی گڈّن میاں اور فرزانہ کے بیاہ کے لئے اچانک رضامند ہو گئے اور شادی کی تاریخ بھی طے ہو گئی۔

'عورت بڑی بے وفا ہوتی ہے۔ وہ صرف معشوق ہی ہو سکتی ہے، عاشق نہیں۔'

گڈّن میاں کی شادی کی خبر سن کر اکّل صاحب نے انتہائی سنجیدگی کے ساتھ یہ کہا، جسے گڈّن میاں نے سننے سے مکمل طور پر پرہیز کیا۔

خیر، گڈّن میاں کا بیاہ ہوا، اور خوب دھوم کے ساتھ ہوا۔ اس موقع پر فرزانہ کی سہیلیوں نے گھر کی دیواروں پر جو اشعار لکھے وہ دیکھنے، پڑھنے اور غور کرنے کے قابل تھے مثلاً

در و دیوار پہ حسرت سے نظر رکھتی ہوں

گاؤں والو خوش رہو میں تو سفر کرتی ہوں۔

پیڈل پہ پاؤں رکھا تو چین اتر گئی

میں نے جو آنکھ ماری، تو گڈّن کی پینٹ اتر گئی۔

وغیرہ!

شادی میں خوب تام جھام ہوا! ضلع پرتاپ گڑھ سے دو طوائفیں بھی آئی تھیں۔ انہوں نے نئے نئے فلمی گانے گائے اور الوداعی اس طرح ہوئی کہ ساتھ کے گھر میں داخل ہونے کے لئے بھی دلہن کو باقاعدہ کار میں بٹھایا گیا۔

اکّل ماموں عرف اکّل صاحب نے یہ سارے نظارے خاموشی کے ساتھ دیکھے اور اپنے آپ میں بس مسکرایا کئے۔ ایک روز کیا ہوا کہ دالان کے ٹھیک پیچھے والے کمرے میں گڈّن میاں اپنی بیوی فرزانہ کے ساتھ بیٹھے پیار بھری باتیں کر رہے تھے کہ اچانک فرزانہ نے اپنے میاں سے پوچھا

'یہ کون ہیں جی؟'

'کون؟'

"ارے یہی، جو دالان میں پڑے ہوئے ہیں؟'

'آدمی ہیں اور کون؟'

'آدمی ہیں، یہ تو ہم بھی دیکھ رہے ہیں۔ مگر آخر یہ ہیں کون؟ مطلب، کیا آپ کے کوئی رشتے دار ہیں۔'

'دنیا کے سارے مسلمان آپس میں برادر ہوتے ہے، سمجھیں!'

'یہ تو میں بھی جانتی ہوں، پر بھئی مسلمان ہونے سے ہی کیا کسی کو اس طرح رکھا جا سکتا ہے گھر میں؟'

'کیوں، ان میں برائی کیا ہے؟'

'ارے پڑے پڑے یہاں روٹیاں توڑ رہے ہیں، یہ بھی کوئی اچھائی ہے کیا، اپنے گھر والوں کے ساتھ کیوں نہیں رہتے؟'

'مان لو گھر والے ہوں ہی نا تب؟'

'تب کہیں اور جائیں، کچھ کام کاروبار۔۔۔'

'مگر تمہیں اعتراض کیا ہے، یہ تو بتاؤ! آج تک گھر میں کسی نے ان کے رہنے پر اعتراض نہیں کیا ہے!'

'آپ کی جو بھابھی ہیں نہ، انہوں نے مجھ سے کہا ہے کہ اب دن کا کھانا تم کیا کرنا۔ اور تمہارے یہ جو برادر ہیں، دن میں ہی کھاتے ہیں اور ماشاءاللہ خوب کھاتے ہیں۔ اوپر سے وقت کی پابندی! مجھ سے تو بھئی یہ نہیں ہو گا!'

'کوئی بات نہیں، میں بھابھی سے کہہ دوں گا۔ وہ تمہارے ذمے رات کا کھانا کر دیں گی۔'

'مگر مجھے لگتا ہے کہ منہ سے چاہے کہیں نہ۔ پر وہ بھی ان سے گھبرا گئی ہیں۔'

"اچھا! پھر تو کچھ کرنا ہو گا۔'

'کرنا کیا ہے، تم براہ راست سے جواب دے دو۔ اتنے دن یہاں رہے، اب کہیں اور جا کر رہیں!'

'مگر رکھا تو ہے ابا نے انہیں، میں کس طرح جواب دے سکتا ہوں؟"

'تو ان سے کہو نہ!'

میاں بیوی کے درمیان ابھی اتنی ہی بات چیت ہوئی تھی کہ دالان سے کھانسی کی آواز آئی اور دونوں چپ ہو گئے۔ تھوڑی دیر بعد گڈّن میاں جب انکّل صاحب کے

پاس پہنچے تو وہ اپنی کاپی پنسل لے کر کھڑے تھے اور کچھ سوچ رہے تھے۔

'کہاں ماموں؟'

اکّل صاحب چونکے۔

'کہیں نہیں، ذرا کایستھوں کے ٹولے میں جا رہا ہوں۔ ان لوگوں نے آج کے لئے کہا ہے۔'

"کیا کہا ہے؟'

'یہی کہ دستخط کر دیں گے۔'

'ارے ماموں آپ بغیر وجہ کیوں پریشان ہو رہے ہیں؟ آپ سب یوں ہی چڑھاتے ہیں۔ کوئی نہیں کرے گا دستخط!'

"تمہیں کیسے معلوم! جب عقل نہیں ہے تو ٹپر ٹپر بولتے کیوں ہو؟ کئی ہزار لوگ اس میں دستخط کر چکے ہیں۔ بس تھوڑے سے دستخط اور ہو جائیں، پھر میں براہ راست وزیر اعظم کے پاس پہنچوں گا۔ کوئی مذاق ہے کیا؟' یہ کہتے ہوئے اکّل ماما عرف اکّل صاحب باہر نکل گئے۔

دن گزرا، شام ہوئی، دھیرے دھیرے رات کی سیاہی بھی پھیلنے لگی، مگر اکّل صاحب نہیں آئے!

گڈّن میاں نے پہلے انہیں کایستھوں کے ٹولے میں تلاش کی گئی، پھر پورے گاؤں میں پتہ لگایا، مگر اکّل صاحب کی کوئی خبر نہیں لگی۔

گڈّن میاں نڈھال ہو کر پڑے رہے، فرزانہ نے چین کی سانس لی۔

'یہ تو بڑے سمجھدار نکلے جی! لگتا ہے سن لی تھیں ہماری باتیں! کہنا نہیں پڑا۔۔۔'

رات میں فرزانہ نے شوہر کا سر سہلاتے ہوئے کہا تو گڈّن میاں ہلکے سے

مسکرائے!

'ہاں، بیگم، لوگوں کے ارادے کو تو کتے بلی بھی بھاپ جاتے ہیں وہ تو پھر بھی آدمی تھے۔'

'تم برا تو نہیں مان گئے۔'

'نہیں بھئی، یہ تو اچھا ہی ہوا۔ پاپ کٹا۔'

اب فرزانہ نے اپنی بانہیں گڈّن میاں کے گلے میں ڈال دیں آخر سابق گرل فرینڈ بھی تو تھی وہ! مگر گڈّن میاں کی بے چینی کم نہیں ہوئی۔

گاؤں کے لوگ اور گھر کے لوگ بھی انکّل ماما عرف انکّل صاحب کو دھیرے دھیرے بھول گئے۔ وقت تو اپنے جگر کے ٹکڑے تک کو بھلا دیتا ہے، پھر وہ تو ایک نامعلوم پردیسی تھے۔

اس دوران ملک میں کئی چھوٹے چھوٹے واقعات ہوئے: کئی بچوں نے جنم لیا اور لاتعداد اموات ہوئیں کچھ قدرتی اور کچھ حادثات میں، فسادات میں۔ فساد کچھ زیادہ ہی ہوئے اس درمیان اور معاشرے میں عدم تحفظ کا احساس دن بدن گہراتا چلا گیا۔ شہر تو شہر، گاؤں تک اس جذبے کی زد میں آ گئے اور ایک دوسرے کے تئیں ایک عجیب قسم کا شک لوگوں کے دلوں میں بھر گیا۔

انکّل صاحب کو غائب ہوئے تقریباً دس سال کا عرصہ گزر گیا تھا کہ اچانک ایک روز اس گاؤں میں ایک اور اجنبی آ دھمکا۔

وہ ایک گورا چٹا نوجوان تھا۔ معمولی پینٹ شرٹ اور پاؤں میں چمڑے کی چپلیں پہنے! شاید بائیں کلائی میں پرانے طریقے کی کوئی گھڑی بھی تھی! راستے میں جو بھی ملتا اس سے وہ گڈّن میاں کا گھر پوچھتا اور آگے بڑھ جاتا۔ اگست کا مہینہ تھا۔ ابھی شام

نہیں ہوئی تھی، پر آسمان پر بادل چھائے ہونے کی وجہ سے کچھ اندھیارا سا چھا گیا تھا۔ گڈّن میاں اپنے صحن میں چارپائی پر لیٹے تھے۔

'گڈّن میاں کا گھر یہی ہے؟'

اس نوجوان نے وہاں رکتے ہوئے سوال کیا تو گڈّن میاں نے لیٹے لیٹے ہی کہا

'ہاں! کیوں؟'

'مجھے ان سے کچھ کام ہے۔ کیا آپ انہیں بلا دیں گے؟'

"بولو، کیا کام ہے؟'

'مجھے ان سے کام ہے! آپ کی بڑی مہربانی ہو گی اگر آپ انہیں بلا دیں۔'

اب گڈّن میاں اٹھ کر بیٹھ گئے۔

'میں ہی گڈّن میاں ہوں۔ بولو، کیا کام ہے؟'

'مجھے ابا نے آپ کے پاس بھیجا ہے! انہوں نے آپ کو بلایا ہے۔'

'مگر میں نہ تو تمہیں جانتا ہوں اور نہ ہی تمہارے ابا کو۔ کہاں سے آ رہے ہو تم؟ کس کے بیٹے ہو؟'

"جی، میں عبدالغفار خان صاحب کا بیٹا ہوں۔"

'کون عبدالغفار خان؟'

'کیا آپ کو واقعی نہیں جانتے؟ مگر انہوں نے تو بتایا ہے کہ۔۔۔'

'کہ میں جانتا ہوں ان کو؟'

گڈّن میاں نے سخت لہجے میں پوچھا۔

"جی نہیں! انہوں نے یہ بتایا ہے کہ وہ آپ ہی کے یہاں رہتے تھے۔ کافی پہلے کی بات ہے۔'

"کیانام بتایاان کا؟'

گڈّن میاں نے کچھ سوچتے ہوئے سوال کیا۔

'جی، عبدالغفار خان۔'

'نہیں بھائی، انہیں کچھ غلط فہمی ہو گئی ہے۔ اس نام کے کسی آدمی کو میں نہیں جانتا۔" اتنا کہہ کر گڈّن میاں پھر لیٹ گئے۔

نوجوان تھوڑی دیر تک چپ چاپ کھڑا رہا، پھر چل پڑا۔

لیکن ابھی تک وہ دس قدم بھی نہیں چلا ہو گا کہ گڈّن میاں پھر اٹھ بیٹھے اور اس نوجوان کو پکارنے لگے۔

"اے لڑکے! سنو ذرا!"

لڑکا رک گیا۔ وہ دھیرے دھیرے چل کر واپس آیا اور گڈّن میاں کی چارپائی کے پاس کھڑا ہو گیا۔

'ان کا کوئی اور نام بھی تو نہیں ہے؟'

"نہیں! ان کا بس یہی نام ہے۔'

'کافی پہلے ہمارے یہاں اکّل صاحب نام کے ایک شخص ضرور آ کر رہے تھے۔ ان کا دماغی توازن کچھ گڑبڑ تھی۔ کہتے تھے، میں بھلائی میں کام کرتا تھا، وہاں سے نکال دیا گیا ہوں اور ایک کاپی پر سب سے دستخط کرایا کرتے تھے۔۔۔'

'جی، انہوں نے ہی آپ کو بلایا ہے۔'

"تم ان کے بیٹے ہو؟'

'جی!'

'بیٹھو۔'

نوجوان پائنتی کی طرف سکڑ کر بیٹھ گیا۔

'کیسے ہیں وہ؟'

'بہت بیمار ہیں۔'

'بیمار ہیں؟'

'جی! پورے بدن میں سوجن آگئی ہے۔'

آگے گڈّن میاں نے کچھ نہیں پوچھا! بوندیں ٹپکنے لگی تھیں۔ نوجوان کو ساتھ لے کر دالان میں چلے گئے۔ وہاں وہی چارپائی پڑی تھی، جس پر کبھی اکّل ماموں عرف اکّل صاحب پڑے رہتے تھے۔ نوجوان کو اسی چارپائی پر بٹھا کر وہ اندر چلے گئے۔

صبح، جب گڈّن میاں اس نوجوان کے ساتھ جانے کے لئے تیار ہو رہے تھے، تین بچوں کی ماں فرزانہ نے اپنے شوہر کو خبردار کرتے ہوئے کہا 'دیکھئے، ایسا نہ کیجئے گا کہ لوٹتے وقت انہیں لیتے چلے آئیں۔ اگر ایسا ہوا تو مجھ سے برا کوئی نہ ہوگا۔'

گڈّن میاں نے بیوی کو کوئی جواب نہیں دیا۔

اس دن آسمان پر بادل نہیں تھے، بلکہ دھوپ بہت سخت تھی۔ گڈّن میاں اکّل صاحب کے مبینہ بیٹے کے ساتھ کسی انجانے مقام کی طرف چلے جا رہے تھے۔ راستے میں اس نوجوان سے انہوں نے صرف ایک سوال پوچھا تھا

'علاج تو چل رہا ہے نہ؟'

جس کے جواب میں نوجوان نے بہت تفصیل کے ساتھ یہ سب بتایا تھا 'آس پاس کے ڈاکٹروں کو تو مرض کا پتہ ہی نہیں چل پا رہا ہے۔ اور شہر کے ہسپتال میں جانے سے وہ انکار کرتے ہیں۔ کہتے ہیں، میں مر جاؤں گا مگر ہسپتال نہیں جاؤں گا۔' اس کے بعد ان کے درمیان کوئی بات چیت نہیں ہوئی تھی۔

اکّل ماما عرف اکّل صاحب عرف عبدالغفار خان ایک جھلنگی سی کھٹیا پر پڑے تھے۔ پورے جسم میں سوجن تھی اور آواز بیٹھی ہوئی۔ گڈّن میاں کو دیکھتے ہی انہوں نے اٹھنے کی کوشش کی مگر گڈّن میاں نے انہیں دونوں ہاتھوں کا سہارا دے کر لٹا دیا۔

'طبیعت کیسی ہے ماموں ؟'

گڈّن میاں نے بات چیت شروع کی۔

'دیکھ ہی رہے ہو گڈن ! اب اخیری ہے۔ اب میں تمہیں دیکھنا چاہ رہا تھا۔ دیکھ لیا، طبیعت بھر گئی۔ اب مرنے میں کوئی تکلیف نہیں ہو گی۔'

'نہیں ماموں، ابھی آپ جئیں گے ! چلئے میں آپ کو شہر لے چلتا ہوں۔ وہاں کے ہسپتال میں آپ ٹھیک ہو جائیں گے۔'

"نہیں ـــ۔ نہیں ـــ۔ بالکل نہیں ! میں ہسپتال نہیں جاؤں گا۔ ابھی مجھے وزیر اعظم سے ملنا ہے ـــ۔' ہسپتال کا نام سنتے ہی اکّل ماموں عرف اکّل صاحب مشتعل ہو اٹھے۔

'وہ تو آپ ملیں گے ہی، مگر علاج تو ضروری ہے۔ علاج ہو گا تبھی تو آپ اس قابل ہوں گے کہ وزیر اعظم سے مل سکیں۔'

'ہاں ! علاج ضروری ہے۔ اسی لیے تو تمہیں بلوایا ہے۔'

'تو میں آ گیا نہ، چلیے آپ کو کسی اچھے ڈاکٹر کو دکھا دیں !'

'کہاں چلوں ؟'

'شہر ! اچھے ڈاکٹر تو شہر کے اسپتال میں ہی ملیں گے۔'

'نہیں گڈن ! نہیں، میں شہر کے ہسپتال میں نہیں جاؤں گا۔"

'مگر ماموں کیوں ؟ کیا دقت ہے وہاں ؟'

'دقت؟ بہت بڑی پریشانی ہے۔ تم ابھی سمجھ نہیں سکتے۔ میں نے دنیا دیکھی ہے۔
'

'مگر بتائیں بھی تو! کم سے کم مجھے تو بتا دیجئے!'

گڈّن میاں کی درخواست پر اکّل صاحب تیار ہو گئے۔ انہوں نے اپنے بیٹے کو ترچھی نظر سے دیکھا تو گڈّن میاں نے اسے باہر جانے کا اشارہ کیا اور وہ فوری طور پر باہر چلا گیا۔ اس کے باہر جاتے ہی اکّل صاحب نے پھسپھسا کر کہا:

'دیکھ رہے ہو گڈّن ملک میں کیا ہو رہا ہے؟ تمہیں کیا پتہ! تمام سرکاری محکموں میں ہندو بھرے ہوئے ہیں۔ شہر کے ہسپتال میں بھی۔ جیسے ہی انہیں معلوم ہو گا کہ میں مسلمان ہوں، وہ مجھے زہر کا انجکشن لگا دیں گے۔ سمجھے!

'میں مر جاؤں گا۔" اکّل صاحب روہانسے ہو گئے!'دیکھو گڈّن میں ابھی مرنا نہیں چاہتا تھا۔ میری کاپی میں ہزاروں دستخط ہو چکے ہیں۔ میں وزیر اعظم سے مل کر اپنا حق حاصل کرنا چاہتا ہوں۔۔۔'

'آپ کو آپ کا حق تو ملے گا ہی ماموں، پر یہ بتائیے کہ آپ نے یہ کیسے سوچ لیا کہ کوئی ہندو ڈاکٹر کسی مسلمان مریض کو زہر کا انجکشن لگا کر مار سکتا ہے۔ آج ذرا پہلے کی بات یاد کریں آپ کو پہلے بھی زہر کا انجکشن لگا کر ہلاک کر دیا گیا ہے۔ مگر وہ کوئی ہندو ڈاکٹر نہیں تھا، وہ ایک مسلمان عورت تھی!'

گڈّن میاں کے منہ سے یہ بات نکلتے ہی اکّل ماموں عرف اکّل صاحب عرف عبد الغفار خان کی آنکھیں پھیل گئیں۔ گڈّن میاں کا اشارہ تو اپنی بیوی فرزانہ کی طرف تھا، مگر انہوں نے ان الفاظ میں اپنی بیوی کا عکس دیکھا! سچ! سچ تو کہہ رہے ہیں گڈّن
۔۔۔۔

'بولئے، کیا میں جھوٹ کہہ رہا ہوں؟'

"نہیں! تم ٹھیک کہہ رہے ہو گڈن۔ اسی لیے تو اس ہر جائی کو میں نے پاس نہیں آنے دیا۔ جانتے ہو، اس ٹھاکر نے بھی تو اسے نکال باہر کیا۔ ہاں، بیٹے کو میں نے اپنا لیا ہے۔۔۔'

'اچھا ماموں، یہ بتائیے آپ ہمارے یہاں سے بھاگے کیوں؟ ہم سے ناراض کیوں ہو؟'

'نہیں گڈن، تمہاری بیوی نے ٹھیک کہا تھا اس روز۔ میں نے اپنا گھر کیوں چھوڑ دیا؟ گھر کا مطلب صرف بیوی ہی نہیں ہے۔ بس، یہی میں نے سمجھا اور آ گیا۔ اب میں اپنے گھر میں ہوں۔ یہیں جی رہا ہوں، یہیں مروں گا!'

'نہیں ماموں، آپ ابھی مریں گے کیوں؟ اسپتال نہیں چلیئے گا!'

'چلوں گا! مگر ایک شرط پر۔ میرا کوئی ہندو نام تم سوچ لو!'

'ارے ماموں، ابھی میں نے کیا کہا؟ تمہیں کسی مسلمان عورت نے بھی تو مارا ہے؟'

'ہاں، گڈن! یہ تو میں بھول ہی گیا تھا۔ ٹھیک ہے، چلوں گا۔ جینا تو پڑے گا ہی۔ اپنی کاپی تو مجھے وزیر اعظم کو دکھانا ہی ہے۔ اور جینا ہے، تو مرنے سے ڈرنا کیا؟'

یہ کہتے ہوئے اکّل ماموں عرف اکّل عرف عبدالغفار خان اٹھ کر بیٹھ گئے۔ گڈن میاں نے دونوں ہاتھوں سے انہیں تھام لیا۔

***